四庫全書宋詞別集叢刊

十五

介庵詞
趙彦端

歸愚詞
葛立方

克齋詞
沈端節

龍川詞
陳亮

四庫全書
宋詞别集
叢刊 十五

商務印書館

介庵詞

趙彥端

欽定四庫全書　集部十

介菴詞　詞曲類 詞集之屬

提要

臣等謹案介菴詞一卷宋趙彥端撰彥端字德莊號介菴魏王廷美七世孫乾道淳熙間以直寶文閣知建寧府終左司郎中宋史藝文志彥端有介菴集十卷外集三卷又有介菴詞四卷馬端臨經籍考則僅稱介菴詞一

卷此本為毛晉所刻亦止一卷與通考合然據其卷後跋語似又舊刻散佚僅存此一卷者未之詳也彦端嘗賦西湖謁金門有波底斜陽紅濕之句為高宗所喜有我家裏人也會作此等語之稱其他篇亦多婉約纖穠不愧作者集末鷓鴣天十闋乃為京口角妓蕭秀蕭瑩歐懿桑雅劉雅歐倩文秀王婉楊蘭吳玉九人而作詞格凡猥皆無足取且連名

入之集中殆於北里之志殊乖雅音蓋唐宋以来士大夫不禁狹斜之遊彦端是作蓋亦移於習俗存而不論可矣乾隆四十九年八月恭校上

總纂官臣紀昀臣陸錫熊臣孫士毅

總校官臣陸費墀

欽定四庫全書

介菴詞
提要

二

欽定四庫全書

介菴詞

宋 趙彦端 撰

醉蓬萊 梅

向蓬萊雲渺姑射山深有春長好香滿枝南笑人間驚早試問寒柯鏤氷裁玉費化工多少東閣詩成西湖夢覺幾番清曉　好是羅幃麝温屏暖却恨烟村雨愁風惱一一清芬為東君傾倒待得明年翠陰青子薦鳳凰

池沼更把陽和從頭付與繁花芳草

滿江紅 茶蘼

千種繁春春已去翩然無迹誰信道茶蘼枝上靜中收得曉鏡洗粧非粉白晚衣弄舞餘衫碧粲寶鈿珠珥不勝持濃陰夕 金剪度還堪惜霜蝶睡無從覓知多少清夢釀成氷骨天女散花無酒聖仙人種玉慚香德悵攀條記得鬢絲青東風客

又 餞前政盧光祖赴鼎州幕席上作

津鼓鼕鼕三老醉知誰留得都不記琵琶洲畔草青江碧桃李春風吹不斷烟霞秋興清無極悵樽前桂子有餘香曾相識　殘雨晝初涼夕高燭爛新醅白長歌斷歡意不如愁色父老能尋循吏傳闗河暫枉諸侯客待日邊一紙詔黃飛勝相憶

又　汪秘監席上作

賜被熏爐曾同見官槐重緑時歸看綺疏疊嶂楚腰翻曲君過蓬山輕歲月我懷廬阜分符竹道別離待得再

歸來人應俗　春欲動醅初熟追一笑森三玉且相對青眼共裁紅燭小語人家閙意態淺寒都下新裝束念平生和雨醉東風從今足

水調歌頭秀州坐上作

秋色忽如許風露皎如空平生青鬢餘地老與故人同憶得鱸魚來後雜以洞庭新橘月墮酒盃中賓客可人意歌舞轉春風　坐閙玉花底扇又從容從容更好無奈多病已衰翁賴有主人風味識我少年狂態乞與酒

顏紅一醉曉鴉起流水任西東

又 為壽

淦水定何許樓外滿晴嵐落霞蜚鳥無際新酒為誰甘聞道居鄰玉笥下有芝田琳苑光景照江南已轉丹砂九應降素雲三　憶疇昔翻舞袖縱劇談玉壺傾倒香霧黃菊釀紅柑好在當時明月只有爐熏一縷緘寄可同叅賸肯南遊不蓬海試窮探

瑞鶴仙 為壽

記河梁折柳問畫堂樂事燕鴻難偶十年漫回首但亭亭紫蓋差差南斗傳聞小有種桃花親煩素手怪歸來道骨仙風縹緲迥然非舊　清晝江南如畫紫菊冬前翠橙霜後扁舟渡口佳客至奉名酒喚青鸞起舞雲窻月檻一曲山明水秀笑相看玉海別來淺如故否

又　餞交代沈公雅臺山寺作繼作朝中措

攬垂楊細折有別情遺愛與君都說文茵帶瑚軛是行春來處去年阡陌柔桑半葉轉風光輕颸秀麥正人家

共約耕鉏借牛社相留客　清絶溪山猶記脱帽吟風
倚樓招月東君何事將春至放春歸道從今江上一花
一柳皆想油幢瑞節縱離愁瘦減腰圍帶金正徹

朝中措

山礬風味更梨花清白競春華試問西園清夜何如山
崦人家　楚東千嶂吴江一棹雲路非賒惟有相思兩
地可憐淡月朝霞

又

燒燈已過禁烟前春信遞相傳柳暗乍迷津霧花暄欲照江天　天涯賓主相逢老矣一笑歡然晚歲許同廬社西風不買吳船

又 東風亭初成

長松擎月與天通霜葉亂驚鴻露炯乍疑盃灎雲生似覺衣重　江南勝處青環楚嶂紅半溪楓倦客會應歸去一亭長枕寒空

又

幾枝節竹半烟雲鐘鼓醉中聞千點好山餘思一灣流水能分　多情皓月栖輪夜午光動風文看取清閒賓主猶勝富貴封君

又 路彥豐生日

新涼溪閣暮山重水月共空濛九轉不須塵外三峯只在壺中　他年盛業雲間可望林下難逢記取鄰林巖洞何如于越秋風

又

西城烟霧一重重瀟灑便秋風巧妒玉人裝髻無如禁鑰難通　新聲窈眇怨傳楚些嬌並吳宮夜久三星為粲皓蛾寧為君容

新荷葉

欲暑還涼如春有意重歸春若歸來任他鶯老花飛輕雷澹雨似晚風欺得單衣簷聲驚醉起來新緑成圍回首分攜光風冉冉菲菲曾幾何時故山疑夢還非鳴琴再撫將清恨都入金徽永懷橋下繫船溪柳依依

又

雨細梅黃去年雙燕還歸多少繁紅盡隨蝶舞蜂飛陰濃綠暗　正麥秋猶衣羅衣香凝沉水雅宜簾幙重幃按當作圍紈扇仍攜花枝塵涴芳菲遙想當時故交往往人非天涯再見悅情話景仰清徽可人懷抱晚期蓮社相依

又　秀州作

玉井氷壺人間有此清秋笑語雍容令從庭戶初修迎風待月香凝處四捲簾鉤月波奇觀未饒當日南樓

聞說三吴江湖從古風流況有雙轓舊譜黄閣青油金甌屢啓應難解久為人留天池波灩可憐蘋滿汀洲

看花回 張守生日

注目正江湖浩蕩烟雲離屬美人衣蘭佩玉澹秋水凝神陽春翻曲烹鮮坐嘯清淨五千言自足横劒氣南斗光中浩然一醉引雙鹿 回鴈未歸書未續夢草處舊芳重緑誰憶瀟湘歲晚為喚起長風吹飛黄鵠功名異時圯上家傳謝寵辱待封留拜公堂下授我長生籙

又 為壽翁東巖麗罊居士也

愛日報踈梅動意春前呼得晝棟曉開壽域度百和温馨霜華無力斑衣翠袖人面年年照酒色環四座壁月瓊枝恍然江縣擬鄉國　聞道撫東巖舊迹又殊勝謝家清逸知與桃花笑了定何似青鳥層城消息他年妙高峯上優曇會堪折擁輕軒未妨遊戲看取朱輪十

芰荷香 席上用韻送程德遠罊金谿

燕初歸正春陰暗淡客意淒迷玉觴無味晚花雨退凝

脂多情細柳對沈腰渾不勝衣垂别袖忍見離披江南陌上强半紅飛　樂事從今一夢縱錦囊空在金椀誰揮舞裙歌扇故應閒瑣幽閨練江詩就算檥舟寧不相思腸斷莫訴離盃青雲路穩白首心期

垂絲釣　于越亭路彦捷置酒同别富南叔

短篷醉檥江南秋意如水露草星明風柳絲委危檻倚為故人宴喜　歡無幾念青鞵紫綺論詩載酒猶勝心記雙鯉倦游晚矣雲路非吾事湖海從君意沙鴈起記

夜闌隱几

又

莫愁有信全勝春夢無準篆縷欲銷衣粉堪認殘夢醒
枕夜涼滿鬢　想香逕正垂垂美蔭晚花在否朱闌誰
與同凭斷雲怨冷青鳥無憑問紅葉翻成恨三五近試
豫占破鏡

謁金門 題扇

朱檻曲粧淺鬢雲吹綠半尺鵝溪涼意足手香霑柄玉

午夢已驚難續説與翠梧修竹蓬海路遥天六六乘鸞何處逐

又

勞顧曲燕貢雅羞衣緑魯酒不能無味足小盃空薦玉只願此懽常續莫序水邊絲竹明日朝参同趂六猶期歸騎逐

又

休相憶明夜遠如今日樓外緑烟村冪冪花飛如許急

柳岸晚來船集波底斜陽紅濕送盡去雲成獨立酒醒愁又入

又

春已半繡緑新紅如擲燕子還來簾幙畔閒愁天不管翠被曲屏香滿花葉彩戕人遠鵲喜蛛絲都未判連環空約腕

又

春不盡處處與情相趁誰道劉郎家恁近一年花不問

雙剪畫羅春勝今夜月圓如鏡怎得酒闌心易定試將金液鎮

又

春似繡不是别離時候滴盡黄昏殘刻漏月高花影畫好在畫屏金獸深瑣粉窻蘭牖溪水南來堪問否幾時離渡口

又

朱户密鎮鎖一庭春日晝幕黄簾芳草碧游蜂初未識

脆管幺絃無力青子緑陰如織花滿深宮無路入舊遊渾記得

又

春意密不受人間風日一曲清歌雲暮碧樽前今夜識醉客倦吟無力滯夢停愁相織只道桃源難再入有人還問得

柳梢青 生日

衰翁自謫堪笑忘了山林閒適一歲花黄一秋酒緑一

番頭白　浮生似醉如客問底事歸來未得但願長年
故人相與春朝秋夕

又　庚寅生日鉛山作

卮言日出天上漫試人間無術一笑歸來身如蟬蛻首
如龜縮　年年白酒黃花共願我光風霽月不道道人
騣騣老去如何消得

又

酴醾過也酴醾過後無花堪折只有垂楊垂楊都作絮

鷟行色　海棠半在如無又爭倩薔薇戀得除是東風隨君歸問玉堂消息

好事近 秉風亭作

君莫厭江鄉也有茂林修竹竹外有些亭榭置酒樽棊局　棊神酒聖各成歡歡長更燒燭寄語故人鵬鷃任傾金園玉

又 送林主簿

君到共黃花君去早梅將發君不待梅歸去問與誰同

折 白頭潘令一年秋有酒恨無客莫忘道山堂上話清音風月

又 盧僉判席上

草草復匆匆相見也還相憶記取夢魂詩思似水光山色 清音堂下一扁舟誰主又誰客休厭一盃相勸看梅梢將白

又 晚集後園

尋得一枝春驚動小園花月把酒放歌添燭看連林爭

發　從今日日有花開野水釀春碧舊日愛閒陶令作
江南狂客

又　白雲亭

風露入新亭看盡楚天秋色行到暮霞明處有金華僊
客　孤城喬木墮荒涼白雲帶溪碧喚取小舟同醉話
江湖歸日

又　蠟梅

一種歲前春誰辨額黃腮白風意只吟羣木與此花修

别此花佳處似佳人高情帶詩格君與歲寒相許有芳心難結

又

朱户閑東風春在小紅纖雪門外未寒猶暖怪有花堪折梨花菊蘂不相饒嬌黄帶輕白莫厭醉歌相惱是中原鄉客

又

日日念江東何有舊人重説二妙一時相遇怪樽前頭

白山城無物為君歡薄酒待寒月草草數歌休笑似
主人衰拙

點絳唇　路德友席上作

山水鄉中豈知還有中原笑醉歌傾倒記得昇平調
舊日年光試把華燈照心情好有些懷抱擬向梅花道

又

一點青陽早梅初識春風面暖回瓊管斗自東方轉
白馬青袍莫作銅駝戀看宮線但長相見愛日如人願

又

護雨烘晴紫雲縹緲來深院晚寒誰見紅杏梢頭怨

絕代佳人萬里沉香殿光風轉夢餘千片猶恨相逢淺

又

秋入闌干亭亭波面虹千丈一聲漁唱畫簡三高樣

江上風波更泛吳松浪寒潮漲石魚酒舫漫叟知何向

又 題西隱

好在蒼苔摩涬遺恨風還雨一涼相與片月生新浦

天外離居為我蕣槐舉山如許故人來否歲晚鑪堪煮

秦樓月 詠瑞香

香蔌蔌小山叢桂烘温玉烘温玉酒懋花暗沈腰如束

煩君剩與陽春曲為君細拂衾羅馥衾羅馥一春幽

夢與君相續

又

梅綴雪雪綴梅花肌膚愜肌膚愜豐姿濃態瑩如玉色

歲寒期約無相鈌祥花不減晴空月晴空月依前消

瘦還共清絶

阮郎歸

歲寒堂下兩株梅商量先後開春前日遶一千回花來春又來　氷可斷玉堪裁寒空無暖埃為君翻動臘前醅酒醒香滿懐

又

一春種得牡丹成那知君遽行東君也自沒心情夜來風雨聲　追閶闔數清明不應歌渭城只愁河畔草青

青郄須離緒生

又　餘干留別人家

三年何許競芳辰君家千樹春如今欲去復逡巡好花留住人　紅藥亂緑陰勻絲雲新又新只因小閣記情親動君梁上塵

減字木蘭花　贈摘阮者

四絃續續山水依然關塞足天上新聲謫墮人間得自名　清歌宛轉彈向指間依舊見滿眼春風不覺黃梅

又

緑陰紅雨暗淡衣裳花下舞花月佳時舞破東風第幾枝一盃相屬從炧樽前三四燭酒盡花闌京洛風流仔細看

又

一年歌舞還是花黄樽緑處雨横風多比似年時恨若何簾深酒暖細雨斜風渾不管只有黄花欲近佳人

鬢畔鴉

又

送人南浦日日客亭風又雨相見如何梅子枝頭春已多　真成别去酒病明朝知幾許淋損宫袍都是伊人醉後嬌

又

屈亭湘浦怨盡朝雲還暮雨知是誰何賦得清愁爾許多　愛來慵去此意平生成浪許著盡茸袍想見江梅

雪後嬌

又

亂雲縈浦做雪不成還是雨知我為何一笑仍添一恨多不須歸去琥珀盃深能幾許草色如袍記取從今舞處嬌

鵲橋仙

來時夾道紅羅步障已換青絲翠羽春愁元自逐春來却不肯隨春歸去　千觴美酒十分幽事歸到只愁風

雨憑誰傳語牡丹花為做取東君些主

又 正月廿三日秀野堂作

江梅仙去蠟梅風化只有緗梅呈秀不知春在阿誰邊試與問青青楊柳 小園幽事中都風味鬬草分香如舊東風莫漫送扁舟為管取輕寒羅袖

又 送路勉道赴長樂

留花翠幕添香紅袖常恨情長春淺南風吹酒玉虹翻便忍聽離絃聲斷 乘鸞寶扇凌波微步好在清池涼

館直饒書與荔枝來問纖手誰傳冰盌

又 紅白二色蓮

藕花塘上無塵無暑灩灩一池秋韻緑羅寶蓋碧瓊竿翠浪裏亭亭月影 一家姊妹兩般梳洗濃淡施朱傅粉夜深風露逼人寒問誰在牙牀酒醒

菩薩蠻 同飲晁伯如家席上和韓无咎韻

雪中梅豔風前竹詩緣漸與情緣熟醉眼眩成花惱伊生臉霞 巫雲將楚雨只恐翩然去我有合懽盃為君

聊挽回

又

雨聲不斷垂簷竹清歌喚起清眠熟洞户有餘花同傾細細霞　酒行如過雨雨盡風吹去吹去復盈盃一春能幾回

又

繡羅帬上雙鴛帶年年長繫春心在梅子别時青如今渾已成　美人書幅幅中有連環玉不是只催歸要情

無斷時

又

倚闌閒撚生綃扇新涼庭户微風轉踈雨斷簷聲淡雲開晚晴　蕉槳寒浸齒枕簟清如水相憶不勝愁月來簾上鈎

又集句

青春背我堂堂去桃花亂落如紅雨是妾斷腸時芳心空自持　相思君記取脈脈如牛女天遠莫江遲今宵

歸不歸

蝶戀花 贈别趙邦才席上作

堂外溪橋楊柳畔滿樹東風更著流鶯喚時節清明寒暖半春箏欲妒歌珠貫　一寸離腸無可斷舊管新收盡記雙帷卷賴得今年春較晚送人猶有餘紅亂

又

雪裏珠衣寒未動雪後清寒驚損幽帷夢風撼海牛簾幕重畫簷氷筯如流汞　一穗香雲佳客共溜溜金槽

正爾新詞送酒戲詩鬮忘百中燭閒有箇人非衆

琴調相思引 臨別餘干席上作

拂拂輕陰雨麴塵小庭深幕墮嬌雲好花無幾猶是洛陽春 燕語似知懷舊主水生只解送行人可堪詩墨和淚漬羅巾

又

曾躡姑蘇城上臺好山知有好人來幾回徙倚月裏暮雲開 閒倚和風千步柳倦臨殘雪一枝梅暖香高燭

翻動道人灰

杏花天

風韶雨潤催花候歎無限年年常有桃蹊杏陌相期久

一為東君試手　匆匆去那人信否襟淚漬粉香依舊

單衣煮酒重來後好與看承人瘦

又

當時衆裏聞新曲榜一醉移舟換燭清波快送千帆幅

十里披烟泛玉　誰知度春寒夜獨常寄恨花闌漏促

西風渡口蓮堪束一枕新涼會足

浣溪沙 題扇

氷綀新裁月見羞墨花飛作淡雲浮宜歌宜笑不妨秋

約腕半籠衫草碧洗粧初失黛蛾愁嫩涼輕暑柰風

流

又

過雨園林緑漸濃晚霞明處暮雲重小橋東畔再相逢

睡起未添雙鬢緑汗融微退小粧紅幾多心事不言

中

又

菊已開時梅未通似寒如暖意融融情親語妙一盃中歌舞欲來須更理林泉有樂正須同好詩多味酒無功

又

渺渺東風泛酒船月華為地酒為川春于紅藥更留連雲路功名方步步草廬松竹自年年他時人說二踈

賢

又

花下憑看月下迎避人私語臉霞生畫堂紅燭意盈盈
病酒一春愁與睡倚闌終日雨還晴强移心緒作清
明

又 辛卯會黄運屬席上作

人意歌聲欲度春春容温暖勝於人勸君一醉酒如澠
梅子枝頭應有恨柳花風底不堪嚬蓋公堂下淨無

詞

虞美人 九月飲乗風亭故基

烟空磴盡長松語佳處遺基古道人乗月又乗風未用秋衣沉水换薰籠　兩峯千澗依稀是想像詩翁醉莫驚青蕊後時開笑倒江南陶令未歸來

又

凌虚風馬來無迹水淨山光出松間孤鶴睡殘更喚起縱簫飛去與雲平　新亭聊共豐年悦一醉中秋月江

山擬作畫圖臨樂府翻成終勝寫無聲

又　罷官嘉禾張忠甫諸公置酒舟中作

蘭畦梅逕香雲繞長恨相從少相從雖少却情親不道相從頻後是行人　行人未去猶清瘦想見相分後書來梅子定嘗新記取江東日暮雨還雲

南鄉子　同韓子東飲汪德名新樓

風露晚珊珊洛下湘中接珮環急把一盃相勞苦雲端只恐氷肌亦自寒　二客共闌干瀲瀲鯨波吸未乾待

得月華移十丈乘懽更上層樓極處看

又

濃緑暗芳洲春事都隨芍藥休風雨只貪梅子熟颼颼却送行人一夜秋　新月幸如鉤二五還催玉鑑浮一段離愁溪樣遠悠悠只是溪流淺似愁

又集句

窻户映朝光花氣渾如百和香即遣花飛深造次茫茫曲渚飄成錦一張　相憶莫相忘並蔕芙蓉本自雙草

色連雲人去住堪傷海上尖峯似劍鋩

畫堂春 飲趙淵卿容光堂

倡條繁蒂綠層層解衫扶醉同登暝雲無樹亦崚嶒紅袖深憑 病思去春饒睡醉魂因酒思氷夜涼星斗桂修覔歌盡香凝

又

滿城風雨近重陽夾衫清潤生香好辭賡盡楚天長喚得花黃 客勝不知門陋酒新如趁春狂故人相見等

相忘一語千觴

滴滴金　送路彦捷赴儀真

澄溪暝度輕澌白對平湖澹烟隔我與征鵠共行人更張燈留客　東園半是餘花迹料仙帆到時發若倚江樓望清淮為慇勤鄉國

青玉案　贈勉道琵琶人

當年萬里龍沙路載多少離愁去冷壓層簾雲不度芙蓉雙帶垂楊嬌髻紇索初調處　花凝玉立東風暮曽

記江邊麗人句異縣相逢能幾許多情誰料琵琶洲畔同醉清明雨

沙塞子

春水緑波南浦漸理棹行人欲去黯消魂柳上輕烟花梢微雨　長亭放餞無計住但芳草迷人去路忍回頭斷雲殘日長安何處

臨江仙　和洪景盧送行韻

憶著舊山歸去樂松筠歲晚參天老來慵似柳三眠從

教官府冷甘作地行仙　青瑣紫微追昨夢扁舟已具猶憐有情如酒月如川為君忘飲病更擬索茶煎

又　席上次元明韻

潦水似譏酒淺秋雲如妒蟾明幽人聞鴈若聞鶯更長端有意菊晚近無情　詩學笑中偷換燭花醉裏頻傾羅衣迴立可憐生五湖雖好在客意欲登瀛

鷓鴣天　白鷺亭作

天外秋雲四散飛波間風艇一時歸他年淮水東邊月

猶為登臨替落暉　誇客勝數星稀晚寒拂拂動秋衣
酒行不盡清光意輸與漁舟睡釣磯

又 送王漕侍郎奏事

渺渺東風拂畫船不堪臨雨落花前清歌只擬留春住
好語頻聞有詔傳　春望月鏡湖天養成英氣自當年
兩山總是經行處獻納雍容定幾篇

又 為韓漕无咎壽

憶醉君家倚翠屏年年相喜鬢毛青誰知緩步從天下

猶許清彈此地聽　揮羽扇寫鵝經使星何似老人星
幾時一試薫風手今日桐陰又滿庭

清平樂 建安泛舟作

新寒一段變盡人間暖說與羣花花不管只有江梅情
亂　江梅也似山人山人到老梅親斗擻衣冠氣象百
般歸去精神

又 席上贈人花菴作閨思

桃根桃葉一樹芳相接春到江南三二月迷損東家蝴

蝶慇勤踏取青陽風前花正低昂與我同心支子報君百結丁香

眼兒媚 建安作

儂家風物似山家梅老鬢絲華幾回記得攀翻琪樹醉帽欹斜冷香不斷春千里歸路本非賒有人卻道使君猶健看徧餘花

永遇樂 陪程金谿躍馬用其韻

杜曲桑麻灞橋風雪歸夢無路馬健凌秋人閒玩日聊

用寛遲暮揺揺羽扇翩翩皃烏勝處恍疑仙去笑相看風林露草古來有誰知趣　黄公壚下山陰亭畔歳月著鞭如鶩出塞功名入關游説紙上俱難據論詩説劒尊前風味天巧却容人覷問少陵酣歌拓戟為誰獻賦

訴衷情　雨中會飲賞梅燒燭花杪

洗粧傲舞傍清樽霏雨濇黄昏慇勤與花為地燒燭助微温　松半嶺竹當門意如村明朝酒醒桃李漫山心事誰論

又

江梅初試兩三花人意競年華春工未敢輕放深院擁吳娃　翻酒戲醉人家舊生涯而今且趁便面斜陽莫照紅紗

千秋歲

杏花風下獨立春寒夜微雨度踈星挂暉暉濃豔出嬋娟繁枝亞朱檻倚輕羅醉裏添還卸　寂寞情猶乍帳望驂鸞駕衣褪玉香欺麝一花擕一醉盃重憑誰把春

去也重簾翠幙人如畫

風入松 杏花

傳聞天上有星榆歷歷誰居淡烟暮擁紅雲暖春寒乍有還無作態似深仍淺多情要盜還疎　移樽環坐足相娛醉影憑扶江南歸到雖憐晚猶勝不見踟躕儘揜綠陰青子憑肩攜手如初

茶瓶兒 上元

澹月華燈春夜送東風柳烟梅麝寶釵宮髻連嬌馬似

記得帝鄉游冶　悅親戚之情話況溪山坐中如畫凌波微步人歸也看酒醒鳳鸞誰跨

祝英臺近 春恨

獸金寒簾玉潤梅雪印苔絮春意如人易散苦難聚幾多絲竹深情池塘幽夢猶倚賴與春同住　舊游處誰喚別浦仙帆風前問征路烟雨連江吹恨正無數莫教紫燕歸來彩雲開後空悵望主人輕去

五綵結同心 為淵卿壽

人間塵斷雨外風回涼波自泛仙槎非郭還非壄鬧鶯燕時傍笑語清佳銅壺花漏長如線金鋪碎香暖詹牙誰知道東園五畝種成國豔天葩　主人漢家龍種正翩翩迴立雪紵烏紗歌舞承平舊圍紅袖詩興自寫春華未知三斗朝天去定何似鴻寶丹砂且一醉朱顔相慶共看玉井浮花

瑞鷓鴣為孀壽

芙蓉池館一重重留得黃花壽𡩻中春到小春如有信

日臨良月正相同　芝蘭美應瑤階瑞蘋藻香吹翠沼
風此夜隔牆聞鳳管人間元自勝蟾宮

月中桂 送杜仲微赴闕

露醑無情送長歌未終已醉離別何如暮雨釀一襟涼
潤來留佳客好山侵座碧勝昨夜疎星淡月君欲翩然
去人間底許員嶠閒帆席　詩情病非疇昔賴親朋對
影且慰良夕風流雨散定幾回腸斷能禁頭白為君煩
素手薦碧藕輕絲細雪去去江南路猶應水雲秋共色

滿庭芳 道中憶錢塘舊遊

雲暖萍漪，雨香蘭逕，西湖二月初時。兩山十里，錦繡照金羈。柳外闌干相望，弄東風、倚遍斜暉。朋遊好，亂紅堆裏，一飲百篇詩。　三年江上夢，青衫風日，白紵塵泥。聽幾聲黃鳥，粵樹閩溪。長是春朝多病，今年更、添得相思。須歸去，倦遊滋味，猶有个人知。

水龍吟

春溪漠漠，如空望中只與新愁去。何知尚有，烟間餘怨

洛津間賦已瘦難豐久離重見好春如許念海棠未老
荼蘼欲吐且莫恨風嫌雨　休問無情水驛載幽懷小
槳輕艣君看睡起平階柳絮入門花霧才盡無奇客殘
如埽一樽誰舉悵行雲斷後秖應夢裏有澄江句

如夢令 酥花

鴛瓦初凝霜粟氷笋旋裁春玉巧思化東風喚省蕊紅
枝綠清淑清淑會有蜂棲蝶宿

又

嫩柳眉梢輕蹙細草烟凝堪㨂争似小桃穠酒入香肌紅玉清馥清馥不覺花闌漏促

蕋珠閑

浦雲融梅風斷碧水無情輕度有嬌黄上林梢向春欲舞緑烟迷晝淺寒欺暮不勝小樓凝佇　倦游處故人相見易阻花事從今堪數片帆無恙好在一篙新雨醉袍宫錦畫羅金縷莫教恨傳幽句

念奴嬌

雨斜風橫正詩人閒倦淮山清絶彈壓秋光江萬頃只欠凌波羅襪好事幽人憐予止酒著意温瓊雪翠帷低卷怪來飛墮初月　涼夜華宇無塵舞裙香漸暖錦茵聲闋不分金蓮隨步步誰遣芙蓉爭發賴得高情湘歌洛賦稱作西風客為君留住不然飄去雲闕

憶少年

逢春如酒逢花如露逢人如玉東風送寒去蔚温温香縠　海上三山元似粟試招來共藏金屋與君醉千歲

看人間新綠

思佳客令

天似水秋到芙蓉如亂綺芙蓉意與黃花倚　歷歷黃花粹酒美清露委山間有箇閒人喜

惜分飛 送江鴨玉歸烏墪

相與十年親且舊一笑天涯攜手霜際寒雲逗去年情味君思否　遠水無情氷不就好在尊前眉岫腸斷東南秀淡烟踈月梅時候

絳都春 別張子儀

平生相遇算未有笑語闔山佳處舊日文章按文字誤平如令風味按當作風味如令渾如許眼前都是蓬萊路但莫道有人曾住異時天上種種風流按當作風流種種待君如故此自君家舊物看九萬清風為君掀舉上青雲按青字誤平却憶梅花如舊否故人衰病今無緒只種得梅花盈圃待君一過山家共斟露醑

小重山

春日歸來如許長不知償此意幾何觴老人臨酒興猶狂溪山主終不道山王　一雨罷耕桑平生懽喜處是吾鄉與君花底共風光春莫笑花不似人香

隔浦蓮

西風吹斷蘺草來度芙蓉老座上人誰在晨參疎影相照幽館寒意早簷聲小鳥和人醉語秋屛曉　相攜勝處黄花香滿烏帽如今將見壁月瓊枝空好準擬新歌待見了不道些兒心事還惱

賀聖朝

一江風月同君住了不知秋去賞心亭下過帆如馬墜楓如雨　相將莫問興亡事舉離觴誰訴垂楊指點但歸來有溫柔佳處

念奴嬌 建安餞交代沈公雅

棠陰綠遍正金菊芙蓉爭放時節滿路歌謠民五袴底事逢車催發結綵成門攀轅卧轍何計留連得故園花柳盡成顦顇難說　今夜祖席郵亭主人來日已是朝

天客旌旆匆匆從此去好賞鑑湖風月眷戀無因笑啼不敢那忍傷輕别瀛洲難駐一盃聊送行色

點絳唇 途中逢管倅

顦顇天涯故人相遇情如故别離何遽忍唱陽關句我是行人更送行人去愁無據寒蟬鳴處回首斜陽暮

轉調踏莎行 路宜人生日

宿雨纔收餘寒尚力牡丹將綻也近寒食人間好景算仙家也惜因循盡埽斷蓬萊跡　舊日天涯如今咫尺

一月五番愁共懽集些些兒壽酒且莫留半滴一百二十箇好生日

瑞鶴仙

氣佳哉壽域正曉松呈翠早梅施白良辰值良月看景星朝覲洗空霜潔珍圖瑞牒仰天心鍾在俊傑向人間化作如膏甘雨莫放春歇　堪憶三吳樂事畫戟凝香舞衣回雪風流勝絕樽中酒坐中客問今年何事騎鯨南去久矣湘楓下葉早歸來應取千齡鳳池舊列

看花回

端有恨留春無計花飛何速檻外青青翠竹鎮高節淩雲清陰常足春寒風袂帶雨穿窻如利鏃催處處燕巧鶯慵幾聲鉤輈呌雲木　看波面垂楊蘸緑最好是風流烟沐陰重熏簾未捲正泛乳新芽香飄清馥新詩惠我開卷醒然欣再讀嘆詞章過人華麗擲地勝如金玉

好事近

一沮寄江干十載山青水碧山水大無餘意有故情難

識　故情難識有誰知衣殘更頭白别後是人安穩只

楚只行客

賀聖朝

河陽桃李開無數待成春歸去小園幾月忽驚飛恨主

人難駐　雛鶯乳燕愁悲語道留君不住願君隨處作

東風與羣花為主

浣溪沙　張宜興生日

花縣雙凫縹緲仙家庭椿樹正蒼然斑衣舉酒大人前

嫋嫋涼風供扇枕悠悠飛露濕叢萱醉扶黃髮弄曾
玄
又
水到桐江鏡樣清有人還似水清明樽前無語更盈盈
翠袖舞衫何日了白頭歸去幾時成老來猶有惜花
情
菩薩蠻
佩環解處粧初了翠娥玉面金鈿小蔦綠本仙家天香

誰似他　芳心真耐久度月長相守歲晚未能忘相期雲水鄉

眼兒媚　王漕赴介菴賞梅

黄昏小宴使君家梅粉試春華暗香素蕋横枝踈影月淡風斜　更燒紅燭枝頭掛粉蠟鬬香奢元宵近也小園先試火樹銀花

江城子　上張帥

春風旗鼓石頭城急麾兵斬長鯨緩帶輕裘乗勝討蠻

荆蠻聚蜂屯三十萬爭面縛向行營　舳艫千里大江横凱歌聲虎貔驚尊俎風流談笑酒餘傾北望旄頭今已滅河漢淡兩台星

西江月（為壽）

鵠玉揚珠萬户嫵眉高髻千峰佳辰請壽黒頭公老稚扶攜歡動　借問優游黄綺何如强健夔龍皖船一棹百分空澆潑胸中雲夢

千秋歲（外姑生日）

柏舟高躅晚歲宜遐福門户壯踈湯沐青袍圍白髮瑞錦纒犀軸仙桂長交柯郄映蟠桃熟　縹緲長生曲入破笙簫逐香霧薄非華屋玉鉤涼月挂水麝秋蘂馥千萬壽酒中倒卧南山緑

虞美人

斷蟬高柳斜陽處池閣絲絲雨緑檀珍簟卷猩紅屈曲杏花蝴蝶小屏風　春山疊疊秋波慢收拾殘針綫又成嬌困倚檀郎無事更抛蓮子打鴛鴦

又 劉帥生日

踈梅淡月年年好春意今年早迎長時節近佳辰看取
袞衣黃髮畫麒麟　酒中倒卧南山緑起舞人如玉風
流椿樹可憐生長與柳枝桃葉共青青

瑞鷓鴣

榴花五月眼邊明角簟流氷午夢清江上扁舟停畫槳
雲間一笑濯塵纓　主人盃酒留連意倦客闌河去住
情都付郵亭今日水伴人東去到江城

豆葉黄

粉牆丹柱柳絲中簾箔輕明花影重午醉醒來一面風緑蔥蔥幾顆櫻桃葉底紅

念奴嬌 中秋

姮娥萬古算清光常共山清水緑我欲蓬萊風露頂眇視寰瀛一粟攜手羣仙廣寒遊戲玉砌琉璃屋歸來一笑葛陂還訪騎竹　此夕縱飲清歡吸寒輝萬丈快如飛瀑傾倒銀河斟斗杓莫問人間榮辱獨倚闌干浩歌

長嘯驚墮雲飛鵲亂呼蟾兎擣霜爲駐顔玉

水調歌頭

山色望中好清氣接蓬瀛連峯疊巘極目高下與雲平三洞沉沉何處玉清洞在溪水中隱映一溪烟樹倒影碧波晴喚起驂鸞客丹竈夜光横　翠幔捲風露下月華明佳人爲我垂手悽怨理秦箏千載虹橋新路依約慢聲歌舞一醉話浮生但得樽盈酒莫問世間名

臨江仙賞芙蓉

十載長安桃李夢年來鏡淨塵空忽傳綵筆小𢦤紅滿懷秋思傾倒為芙蓉　莫恨霜濃開較晩樽前元有春風酣嬌肯為別人容試攜銀燭斜照綠波中

喜遷鶯

登山臨水正桂嶺瘴開蘋洲風起玄鶴高翔蒼鷹遠擊白鷺欲飛還止江上澄波似練沙際行人如蟻目斷處見遙峯蹙翠殘霞浮綺　千里關塞遠雁陣不來猶把闌干倚數疊悲笳一行征旆城郭幾番成毀白塔前朝

寢陵青嶂故都營壘念往事但寒烟滿目秋蟬盈耳

鷓鴣天 羊城舊名京口天下最號都會風軒月館豔姬角妓倍於他所人以羣仙目之因列十名於後各賦一闋

蕭秀

有女青春正及笄蕊宮仙子下瑤池簫吹弄玉登樓月絃撥昭君未嫁時　雲體態柳腰肢綺羅活計强偎隨天教謫入羣花苑占得東風第一枝

蕭瑩

花動儀容玉潤顔温柔嫋娜趂幽閒盈盈醉眼横秋水
淡淡蛾眉抹遠山　膏雨霽曉風寒一枝紅杏拆朱闌
天台迴失劉郎路因憶前緣到世間

歐懿

月晛金篦雲作梳素娥何事下天衢翩翩舞袖穿花蝶
宛轉歌喉貫索珠　簾翡翠枕珊瑚錦衾氷簟水紋鋪
春光九十羊城景百紫千紅總不如

桑雅

雲暗青絲玉瑩冠笑生百媚入眉端春深芍藥餘烟拆
秋曉芙蓉破露看　星眼俊月眉彎舞狂花影上欄干
醉來直駕僊鸞去不到銀河到廣寒

劉雅

醉撚花枝舞翠翹十分春色賦妖嬈千金笑裏爭檀板
一搦纖圍鬬舞腰　行也媚坐也嬌乍離銀闕下青霄
檀郎若問芳笄記二月餘風弄柳條

歐倩

梅粉新粧閶玉容壽陽人在水晶宮浴殘雨洗梨花白
舞轉風揺菡萏紅 雲枕席月簾櫳金爐香噴鳳幃中
凡材縱有凌雲格肯學文君一旦蹤

文秀

綽約嬌波二八春幾時飄謫下紅塵桃源寂寂啼春鳥
蓬島沉沉鎖暮雲 丹臉嫩黛眉新肯將朱粉汚天真
楊妃不似才卿貌也得君王寵愛勤

王婉

未有年光好破瓜緑珠嬌小翠鬟丫清肌瑩骨能香玉
豔質英姿解語花　釵揷鳳鬢堆鴉舞腰春柳受風斜
有時馬上人爭看擘破紅窻新絳紗

楊蘭

兩兩青螺綰額傍彩雲齊會下巫陽俱飛蛺蝶尤相逐
並蔕芙蓉本自雙　翻緑袖舞霓裳點風飛絮恣輕狂
花神只恐留難住早晚承恩入未央

吳玉

拂拂深帷起暗塵清歌緩響自回春月和燈市雲閒墮人對梅花雪後新　盃掌露舞衣雲酒慵微覺翠鬟傾洞房不厭陽臺雨乞與游人弄晚晴

總詠

一簇神仙會見奇漫誇蘇小與西施憐輕鏤月為歌扇喜薄裁雲作舞衣　牙板脆玉音齊落霞天外鴈行低看看各得風流侶回首乘鸞舊路歸

德莊名驥乾淳間官至朝請大夫直寶文閣知建寧

府軍府事賜紫金魚袋恩遇甚隆而度量宏博嘗戒
趙忠定公曰謹勿以一魁先置胸中可想見其大槩
矣余家舊藏介菴詞一卷板甚精良惜未得其全集
又有文寶雅詞四卷中誤入孫夫人咏雪詞又曾見
琴趣外篇六卷章次顛倒贋作頗多不能悉舉至如
席上贈人清平樂昔人稱為集中之冠反逸去可恨
坊本之亂真也湖南毛晉識

欽定四庫全書

介菴詞

歸愚詞

葛立方

欽定四庫全書

集部十

提要

詞曲類 詞集之屬

歸愚詞

臣等謹案歸愚詞一卷宋葛立方撰立方有韻語陽秋已别著録此歸愚詞一卷與陳振孫書録解題合宋人之中父子以塡詞名家者惟晏殊晏幾道後則立方與其父勝仲為最著然詞多平實鋪叙少清新宛轉之思而

大致不失宋人規格流傳既久存之亦可備一家卷末毛晉跋稱集內雨中花眼兒媚兩調俱不合譜未敢妄為更定今參考名家詞集其眼兒媚乃朝中措之譌歐陽修平山闌檻倚晴空一闋可以互證至雨中花調立方兩詞疊韻初無舛誤以詞律反覆勘之實題中脫一慢字此詞京鏜辛棄疾皆有傳作立方詞起三句可依辛詞讀第四第五句京辛

兩家皆作上五下四立方則作上六下三雖微有不同而同是九字其餘則不獨字數相符即平仄亦毫無相戾其為雨中花慢實無可疑晉蓋考之未審他如滿庭芳一調連成十闋凡後半換二字有花箋四字遂另造一調名殊為杜撰至於木蘭花慢懷舊詞前闋有重來故人不見云云與江右女子詞君若重來不相忘處語意若相酬答疑即為其妻

而作然不可考矣乾隆四十九年十一月恭

校上

總纂官臣紀昀臣陸錫熊臣孫士毅

總校官臣陸費墀

欽定四庫全書

歸愚詞

宋 葛立方 撰

滿庭芳 催梅

霜葉停飛冰魚初躍梅花猶閑芳叢剪酥裝玉應為費天工爭奈江南驛使征鞍待一朶香濃憑誰報玉肌仙子閑早駕飛龍 溶溶春意動寒姿未展終愧羣紅與軒新未上閑伴長松要看黃昏庭院橫斜映霜月朦朧

蘭堂畔廵簷索笑誰羨杜陵翁

又 和催梅

未許蜂知難交雀啅芳叢猶是寒叢東風解凍春仗做春工何事仙葩未放寒苞秘氷麝香濃應須是驚鬨羯鼓誰敢噴髯龍　梅花君自看丁香已白桃臉將紅結歲寒三友久遲筠松要看含章簷下閒粧靚春睡朦朧知音是凍雲影底鐵面葛仙翁

又 探梅

狂吹鳴籬祥霙剪水分明欺壓寒梅氷威初歛曦影上池臺應有一番和氣南枝上恐有春來須勤探呼吾節杖屐齒上蒼苔　春風渾未到裏回香徑巡遶千迴見瓊英一點小占條枝且看先鋒鬬艷看看便繁蕾齊開香浮動徽薰詩夢須更著詩催

又　賞梅

臘雪方凝春曦俄漏畫堂小秩芳筵玉壺仙蕊簾外冪瑶炯莫話青山萬樹聊須對一段孤妍盃行處香參鼻

觀百濯未為賢　吾廬何處好繡香竹畔偶桂溪邊且為渠珍重滿泛金船已撚春酲一枕如今且醉到花前花飛後歡呼一笑又是説明年

又 泛梅

庚信何愁休文何瘦范叔一見何寒梅花酷似索笑畫檐看便宜嫣然一笑疎籬上玉臉氷顏須勤賞莫教青子半著樹頭酸　朱欄聊掩映崑崙頂上琪樹團欒命兒曹班坐草草盃盤旋折溪邊數朶璚蕤泛蕉葉盃寬

從教看尊前有客拍手笑頽山

又 簪梅

弄月黄昏封霜清曉數枝影墮溪濵化工仙手幻出一番新片片雕酥碾玉寒苞似已洩香塵聊相對畸人投分尊酒認荀陳　吾年今老矣佳人薄相笑插林巾愧蒼顔白髪回授烏雲玉鏡臺邊試看相宜是淺笑輕顰君知否壽陽額上不似髪邊春

又 評梅

一陣清香不知來處元來梅已舒英出籬含笑芳意為人傾細看高標孤韻誰家有別得花人應須是魏徵嫵媚夷甫太鮮明　北枝方半吐水邊疎影綽約娉婷閒橫空皎月匝地寒霙何似此花清絶憑君為子細推評幽奇處素娥青女著意為橫陳

又

扉映琉璃隠搖雲母水堂新甃雲灣際天波面玉鏡寶奩寬欄外青山幾疊瑶煙歛影落千鬟寒汀晚蘆花飛

雪風定白鷗閒　塵寰何處有方壺圓嶠弱水波翻問何如藜杖此地躋攀種竹今逾萬个風枝靜日報平安他年事蒼雲屯處千畝看栖鸞

又　五姪将赴當塗自金壇來别

栗里田園烏衣門巷别來幾換星霜華陽仙窟翠衍綵衣香夢墮當塗風月披絳帳欲指鱣堂浮鷗外來寧老子特泛雲泛航　相逢春正好梅舒香白柳曳宮黃且相将一笑樂未渠央須念離多會少難輕負百榼霞漿

深深觀舞回飛雪樂奏小宮商

又 胡汝明罷師歸次閻次韻作

江國麾幢邉城鼔角溢川幾報嚴更笑談油幕英傑為時生腹貯六韜三略新詩就矛槊頻横功名事他年未晚一笱落欃槍　歸來何早計白蘋洲畔鋭鑊深耕又何如竹帛彜咢垂名犀節徽還伊趆春風外文鷁催行岩廊上談兵齒頰讜論佐休明

錦堂春慢 正日作

氣應三陽氛澄六幕翔烏初上雲端問朝來何事喜動門闌田父占來好歲星説道宜官擬更憑高遠望春在煙波春在晴巒　歌管雕堂宴喜任重簾不捲交護春寒況金釵整整玉樹團團柏葉輕浮重醑梅枝巧綴新幡共祝年年如願壽過松椿壽過彭聃

水龍吟 遊釣臺作

九州雄傑溪山遂安自古稱佳處雲迷半嶺風號淺瀨輕舟斜度朱閣横飛漁磯無恙鳥啼林塢弔高人陳迹

空瞻遺像知英烈垂千古　憶昔龍飛光武悵當年故人何許羊裘自貴龍章難換不如歸去七里溪邊鸕鶿源畔一蓑煙雨嘆如今宕子翻將釣手遮日向西秦路

菩薩蠻　侍飲賞黃花

井梧葉葉秋風晚東籬點點金錢滿閑急為重陽日烘深院香　幽姿無衆草草恨生非早嚼蕊傍池臺壽公桑落杯

風流子　元旦作

夜半春陽啓東風峭獨帶去年寒嘆榆塞戰塵玉關煙

燧壯心耿耿青鬢斑斑又還是一年頭上到日月信跳

丸門帖繪雞歷頒金鳳酒浮柏葉人頌椒盤　幽園春

信近簾櫳靜小宴取次追歡聊愛水沉煙裊清唱聲閒

況良辰漸有梅舒瓊蕊柳揺金縷巧綴新幡莫惜醉吟

親側衣曳荊蘭

又

細草芳南苑東風裏羸得一身閒見花朶繡田柳絲路

岸沿氷方泮山雪初殘又還是隴頭春信動梅蕊入征
鞍月裡暗香水邊踈影淡粧宜瘦玉骨禁寒　泛金溪
上好開幽戶聊面翠雲灣知道醉吟堪老名利難關箕
書帷意嬾宦途遊倦舊時習氣惟有躋攀擬待杖藜花
底直到春闌

多麗 賞梅

冷雲收小園一段瑶芳乍春來未回窮臘幾枝開犯嚴
霜傍黄昏暗香浮動照清淺踈影低昂却月幽姿含章

媚態姮娥姑射下仙鄉倚闌看殷勤持酒索笑也何妨堪憐處東君不管獨自淒涼　算何人為伊銷斷古今才子篇章有西湖賦詩處士更東閣年少臺郎驛使來時吴王醉處幾處牽動廣平腸賸宴賞微酸如豆又是隔年長高樓外莫教羌管吹墮寒香

又　七夕遊蓮蕩作

破波光如鏡三翼輕舟對雨餘重岩疊嶂何妨影墮清流望芙渠渺然如海張雲錦掩映汀洲出水奇姿凌波艷

態眼看一葉弄新秋恍疑是金沙池内玉井認峯頭花深處田田葉底魚戲龜遊　正微涼西風初度一灣斜月如鈎想天津鵲橋將駕看寶奩蛛網初抽晒腹何堪穿鍼無緒不如溪上少淹留競笑語追尋惟有沉醉可忘憂憑清唱一聲檀板驚起沙鷗

沙塞子 詠梅

天生玉骨冰肌瘦損也知他為誰寒底傲霜凌雪不教春知　高樓橫笛賦輕吹要一片花飛酒巵拚沉醉帽

簷斜插折取南枝

春光好

去年曾壽生朝正黄菊初舒翠翹今歲雕堂重預宴梨雪香飄風是時梨花盛開故云明年應傍丹霄看寶袴重重在腰鵲尾吹香籠繡叚且醉金蕉

又寒食將過淮作

禁煙却釀春愁却繫馬清淮渡頭後日清明催疊鼓應在揚州　歸時元已臨流要綺陌芳郊恣遊三月羇旅

當一洗莫放觥籌

西江月　開爐

風送冊楓卷地霜乾枯葦鳴秋獸爐重展向深閨紅入麒麟方熾　翠箔低垂銀蒜羅幃小釘金泥笙歌送我玉東西誰會瑶花舞砌

蝶戀花　冬至席上作

緹室羣英清曉散灰動葭莩漸覺微陽扇日永繡工才一線挈壺已報添銀箭　六幕無塵開碧漢非霧非煙

彷彿登臺見梅蕚飄香縈小宴霞漿莫放琉璃淺

清平樂 子直過省生日候殿試席間作

文章驚世半㧾南宫第蟾窟澄輝天似洗折得宵宸丹桂 年當蓬矢生賢流霞滿祝長年更願巨鼇連釣楓宸第一臚傳

減字木蘭花 四姪過省候廷試席上作

摇毫鑄藻縱有微之應壓倒萬里鵬程南省今書淡墨名 臚傳丹陛月裏桂花先著袂雁墖高題玉字巍科

尚覺低

又 章甥築地相望作

張南周北慢說清漳搖紺碧何似幽棲甥舅相望共一溪璇題沙板不用買隣縻百萬餘戸增輝庭列芝蘭戸戟枝

水調歌頭

睡鴨凝香縷白酒瀉無聲郊墟不辨羊酪照筋紫絲蓴此去清山深處邀得白雲為伴絕意請長纓一舸背君

去幾幅布帆輕　帝恩重容祿隱吏祠庭滕閣文度安親得計是揚名珍重金蘭交契共惜怱怱别去送我幾煙林異日懷君處凝睇亂層岑

玉漏遲

窓戸明環堵山容黛染水光綃舞荷蓋擎煙花映步波神女嫩臉鉛華掩素無語向薰風凝竚晴又雨征鞭隱隱雲洲沙渚　須臾風捲還晴看洩丹囊乍飄沉炷魚颭荷衣珠顆亂傾無數休話金沙玉井爭似我神龜處

觴為舉何人解歌金縷

行香子

風透紗窗落葉銀床夾纈林吹下嚴霜新篘浮蟻班坐飛觴有岩中秀籬中艷洛中香　金鈿放蕊玉粒爭芳噴年年來趂清高不應素節還有花王看正封詩龜年調太真狂

玉樓春　雪中擁爐聞琵琶作

青女飛花濃翦水寒氣霏微度窗紙人間那得骨為簾

爐有麒麟樽有蟻　笙簧凍澀閒纖指香霧暖薰羅帳底却教試作忽雷聲往往驚開桃與李

鷓鴣天 小孫周晬席上作

榴花庭院戲氍毹水剪雙眸畫不如莫恨未能通瑟調只今先已辨之無　虎睛淺綴新花帽龍腦濃薰小繡襦乃祖未須貽厥力及時須讀五車書

浪淘沙 子直新第落成席上作

休看輞川圖未是幽居何如雲水遶儲胥新濕青紅開

棟宇霧捲風踈　小圃秀郊墟花破平蕪五峯倒影水
平鋪只欠五城樓十二便是蓬壺
卜算子 賞荷以蓮葉勸酒作
明鏡盖紅蕖軒户臨煙渚窣窣珠簾淡淡風香裏開樽
俎　莫把碧筒彎恐帶荷心苦喚我溪邉太液舟歘灩
盛芳醑
又 席間再作
裊裊水芝紅脈脈蒹葭浦淅淅西風淡淡煙幾點踈踈

雨　草草展杯觴對此盈盈女葉葉紅衣當酒船細細流霞舉

夜行船　章甥婚席間作

百尺雕堂懸蜀繡珠簾外玉闌瓊甃調咼名家吹簫賢胄新卜鳳皇佳耦　銀葉添香香滿袖金杯起壽君芳酒喜動蟾宮祥生熊帳應在細君歸後

雨中花慢　睢陽途中小雨見桃李盛開作

壯歲嬉遊樂事幾番青門紫陌芳春未見廉纖膏雨浥

花塵濯錦寶絲增艶洗粧玉頰尤新向韶光濃處點染芳菲揔是東君　蘇州老子經雨南園為誰一掃花林誰信道佳聲著處肌潤香勻曉洗何郎湯餅莫留巫女行雲寄言遊子也須留眄小駐蹄輪

又奉使途中作和前韻

寄徑睢陽陌上忽看夭桃穠李爭春又見楚宫行雨洗芳塵紅艶霞光夕照素華瓊樹朝新為竒姿芳潤擬倩遊絲留住東君　拾遺杜老猶愛南塘寄情蘿薜山林

争似此花如妹麗獺髓輕勻不數江陵玉杖休誇花島紅雲少須澄霽一番清影更待氷輪

好事近 歸有期作

幾騎漢旌迴喜動滿川花木遥睇清淮古岸散離愁千斛煙籠紗帽定連艘鷁脚蘸波緑歸話隔年心事秉夜闌銀燭

又和子直春

歸日指清明肯把話言輕食已是飛花時候賴東風無

力　春帘沽酒送春歸莫惜萬春擲屈指明年春事有
紅梅消息
眼兒媚　西至汴京喜丙戌長短句
暫時莫蕩出燕然水柱凍層檐時節馬蹄歸路楊花亂
撲征韉　如今歸去銀鐺宜見七寶床邊待得退朝花
底家人爭捲珠簾

跋

字常之清孝公書思之孫文康公勝仲之子文定公邲之父也丹陽人後以文康守吳興因家于泛金溪與弟立象同登紹興戊午進士第所著西疇筆耕五十卷方輿别志二十卷歸愚集五十卷外制集五卷其膾炙人口者莫如韵語陽秋二十卷前有小引以晉人褚裒自况托故人徐林為之序未果而卒復于夢中索之豈文人平生得力處至死未能已已耶其自題草廬曰歸愚

識夷塗游宦泯捉徑故文集與詩餘俱名歸愚第集中如雨中花眼兒媚諸調俱不譜未敢妄為更定云古虞毛晉記

克齋詞

沈端節

欽定四庫全書

提要

克齋詞

臣等謹案克齋詞一卷宋沈端節撰端節字約之吴興人所著有克齋詞一卷見陳振孫書録解題然振孫亦不詳其始末毛晉跋語疑其即詠賈耘老菖上水閣沈會宗之同族亦無確證惟湖州府志及溧陽縣志均載端

節寓居溧陽嘗令蕪湖知衡州提舉江東茶
鹽淳熙間官至朝散大夫其説必有所據獨
載其詞名充齋集則充克二字形近致譌耳
其詞僅四十餘闋多有調而無題考花間諸
集往往調即是題如女冠子則詠女道士河
瀆神則為送迎神曲虞美人則詠虞姬之類
唐末五代諸詞例原如是後人題詠漸繁題
與調兩不相涉若非存其本事則詞意俱不

可詳集中如念奴嬌二闋之稱太守青玉案第一闋之稱使君第三闋之稱賢侯竟不知所贈何人至念奴嬌尋幽覽勝一闋似屬端節自道據詞中自笑飄零驚歲晚欲挂衣冠神武及羣玉圖書廣寒宫殿一一經行處云云則端節固當曾官京職以其題已佚遂無援據宋人詞集似此者頗少疑原本必屬調與題全輾轉流傳寫者茍趨簡易遂遭刪削

耳令無可考補姑仍其舊至其吐屬婉約頗具風致固不以花菴草堂諸選未見採録遂減其聲價矣乾隆四十九年十一月恭校上

總校官臣紀昀臣陸錫熊臣孫士毅

總校官臣陸費墀

欽定四庫全書

克齋詞

宋 沈端節 撰

五福降中天 梅

月朧烟澹霜蹊滑狐宿暮林荒驛遶樹微吟巡簷索笑匀分平生相得氷池半釋正節物驚心淚痕沾臆流水濺濺照影古寺瀟春色沉歎今年未識暗香微動處人初寂酷愛芳姿最憐幽韻來款禪房深窗他時悵悵

却月凌風信音難的雪底幽期爲誰還露立

卜筭子

愁極强登臨畢竟愁難避千里江山黯淡中總是悲秋意　誰插菊花枝誰帶茱萸佩獨倚闌干醉不成日暮西風起

又　梅

冷蕊半踈枝一笑何時共江北江南兩處愁忍看花影動　旅泊怕逢春卜瞑都無夢歳莫何郎未得歸手撚

蘋呵凍

又

踏雪看孤芳只有詩人共守定南枝待得開不覺冰輪動　却月與凌風謾說揚州夢想見雕闌曲沼邉殘雪和烟凍

又

客裏見梅花獨賞無人共風度精神總是伊又是歸心動　把酒破憂端熏被尋佳夢夢覺香殘一味寒有淚

都成凍

又

烘手熨笙簧呵凍匀酥面閑向梅花樹下行拜月遙相見何處托春心樂府流深怨却撚寒飔倚綺疏恨極東風遠

憶秦娥

憑闌獨南山影蘸盃心緑盃心緑悠然忽見卧披横軸西風暗度釵梁玉手香記得人簪菊人簪菊無窮幽

韻看不足

惜分飛 桂花

喜入眉心黄點瑩珠珮玲瓏透影風露蕭蕭冷夢回月窟香成陣 秋後情懷君莫問拚了因他瘦損不似尋常韻細看沒處安排悶

南歌子

遠樹昏鴉鬧衰蘆睡鴨雙雪蓬烟棹炯寒光疑是風林纖月到舩牕 時序驚心破江山引夢長思量也待不

思量淚染羅巾猶帶舊時香

鵲橋仙

懐人意思悲秋情緒長是文園病後蛛絲輕裊玉釵風想花貌忝差依舊　無窮往事一襟新恨老淚淋浪危酒天涯相對話平生悵南北還如箕斗

醉落魄

紅嬌翠弱春寒睡起慵勻掠些兒心事誰能學深苑無人時有燕穿幙　漏聲滴盡蓮花萼靜看月轉西闌角

世情一任浮雲薄花與東君却解慰流落

太常引

三三五五短長亭都只解送人行天遠樹冥冥悵好夢纔成又驚　夜堂歌罷小樓鐘斷歸路已聞鶯應是困瞢騰問心緒而今怎生

謁金門

真個憶花下雨聲初息猶記烏衣曾舊識丁寧教去覓　春半峭寒猶力淚滴兩襟成迹獨倚危闌清晝寂草

長流翠碧

又

春欲去人瘦不勝金縷門巷陰陰飛絮舞斷腸雙燕語
孤坐晩牕閒處月到花心亭午寒色著人無意緒竹
鳴風似雨

又

尋勝去湖色淨涵跡樹欸乃一聲何處起風鈴相應語
目送遙林修渚畫出江南烟雨山水照人人楚楚錦

腸生秀句

菩薩蠻

春山千里供行色客愁濃似春山碧幸自不思歸子規

心上啼　芳意隨人老緑盡江南草窈窕可人花路長

何處家

又

愁人道酒能消解元來酒是愁人害對酒越思量醉來

還斷腸　酒醒初夢破夢破愁無那乾淨不如休休時

只恁愁

浣溪沙

燈夜香甘動綺筵明珠顆顆泛甌圓佳人巧意底難傳
喜見翻溪流細滑却思信手弄輕纖不知辛苦爲誰

甜

行香子

烟淡回塘月浸踈篁一枝枝壓盡群芳脩然風度玉質
金章有許多清許多韻許多香　中酒情懷琢句心腸

倚屏山子細端相冰芽初試桐子新嘗更綺牕前冰壺畔看勻妝

喜遷鶯

莫雲千里正小雨乍晴霜風初起蘆荻江邊月昏人静獨自小舡兒裡消魂幾聲新雁合造愁人天氣怎奈何少年時光景一成拋棄　回首空腸斷尺素未傳應是無雙鯉悶酒孤斟半醺還醒乾淨不如不醉有得恁多煩惱直是沒些〻如意受盡也待今回厮見從頭說似

菩薩蠻

楚山千疊傷心碧傷心只有遥相憶解佩揖巫雲愁生洛浦春　香波凝宿霧夢斷消魂處空聽水泠泠如聞寶瑟聲

朝中措

天遥野闊雁書空山遠莫雲中目斷江南烟雨小窓欹枕春風　功名富貴何須計較烟際跌鐘解道淺妝濃抹從來惟有坡翁

念奴嬌

燈宵漸近更兵塵初息韶華偏早太守風流張宴樂不管江城寒峭髮底蜂兒釵頭梅蕊一一誇新巧笙歌喧沸萬人爭看標表　應記草屨雍容天香滿袖侍宴遊三島聖主中興思用舊尊禮先朝元老燭賜金蓮柑傳羅帕行即趨嚴道深盃休訴任教銀漏催曉

又

重陽恁好正秋清天色水容如瀉野闊風高香霧滿採

菊無人同把堪笑淵明蓬頭曳杖吟賞東籬下孤風遠韻至今猶作佳話 爭似太守仁賢慈祥愷悌賦政多閑暇千里江山供勝踐尊俎延登儒雅只恐相將吹花春宴不許斯民借花朝便坐尚懷方外司馬

青玉案

使君標韻如徐庾更名節高千古臥治姑溪纔小駐閑雲無定陽春有脚又作南昌去 興來亭上清歌度盡能唱公詩句記取諸生臨别語從容占對天顔應喜千

萬留王所

洞仙歌

雪肌花貌見了千千萬眼去眉來幾曾管被令回打住沒處施程捹地却悔看承較晚　琴心傳密意唯有相如失笑他濝恁撋亂抖下俏和嬌掩翠凌紅真个是從前可見據入馬牢籠怎乾休但拈取真誠試教人看

又

夜來驚怪冷逼流蘇帳夢破初聞竹牕響向曉開簾額

亂重寒光清興發鶴氅誰同縱賞　江南春意動梅竹
潛通醉帽衝風自來往慨念故人踪便理扁舟須信道
吾曹清曠待石鼎煎茶洗餘醺更依舊歸來淺斟低唱

又

重陽近也漸秋光淒勁宿雨初收好風景正干戈耆定
禾黍豐登人意樂歌舞賢侯美政　醉翁遊歷處勝槩
依然木落淮南見山影有客共登臨醉裏踈狂欹烏帽
從嘲雪鬢但目送孤鴻傍危欄笑問道黄花似誰風韻

虞美人

去年寒食初相見花上雙飛燕今年寒食又花開垂下重簾不許燕歸來　隔簾聽燕呢喃語似說相思苦東君都不管閑愁一任落花飛絮兩悠悠

又

卧紅堆碧紛無數春事知何許班班小雨裛梨花又是清明時候不歸家　傷春減盡東陽帶人道多情殺青春留下許多愁分付與君今夜一齊休

又

莫雲衰草連天遠不記離人怨可憐無處不關情夢斷
孤鴻哀怨兩三聲　恨眉醉眼何時見夜夜相思遍梧
桐葉落候蛩秋唯有一江烟雨替人愁

䍐春令

舊家元夜追隨風月連宵歡宴被郎㦻引得滴流地一
似蛾兒轉　而今百事心情嬾燈下幾曾恢看算靜中
唯有牕間梅影合是幽人伴

如夢令

雨後輕寒天氣玉酒中人小醉乍報一番秋晚簟清涼如水忺睡忺睡總在芭蕉葉底

薄倖

桂輪香滿送寒色輕風剪剪又還是幽牕人靜梅影參差初轉念少年孤負芳音多時不見文君面漫快瀉瓊舟濃熏寶鴨終是心情差嬾　謾就枕渾無寐使聽徹天邊飛雁間愁消萬縷如何消遣繡衾中憶鴛鴦睡細

思量遍倚屏山桃盡琴心誰識相思怨休文瘦損陡覺頻移帶眼

江城子

秋聲昨夜入梧桐雨濛濛洒颸風短杵踈砧將恨到篂櫳歸夢未成心已遠雲不斷水無窮　有人應念水之東鬢如蓬理粧慵覽鏡沉吟膏沐爲誰容多少相思多少淚都盡在不言中

滿庭芳

霧薄陰輕林深烟煗海棠特地開遲風光絶艶獨旬殿芳時須信東君注意花神會别有看持羣英外嫣然一笑富貴出天姿　日長春睡足粉香撲撲酒暈微微明皇當日稱許最相宜妃子扶來半醉宫妝淡不掃蛾眉偏憐處流鶯鶯繞金彈拂叢飛

採桑子

昔年曾記尋芳處短帽衝寒竹外江干玉面皮兒月下觀　而今老大風流減百事心闌谷底林間坐對橫枝

秪鼻酸

西江月

一枕香消睡惱十年漂泊江湖空餘清夢繞原廬記得林間風度 錦繡谷中舊客襟懷未肯全踈從今不要别人扶醉擁紫雲歸去

喜遷鶯

氷池輕皺喜寒律乍回微陽初透歲晚雲黄日晴烟煥晝刻暗添宫漏山色岸容都變春意欲傳宫栁最好處

酥融粉薄一枝梅瘦　行樂春漸近景勝歡長幼眇綵簧奏鳴玉鵷行退朝花院猶有御香霑袖試問西鄰雖富何似東臯依舊趣未老便優游林壑圍棊把酒

西江月

幸自心腸穩審怎禁眼腦迷奚招愁買恨帶人疑一味笑吟吟地　閑趣鶯來日下却隨燕入烏衣阿蒙風味有誰知認得樂天詞意

念奴嬌

嫩涼清曉淡秋容橫瀉鮫綃十幅山水光中參意味不管人間榮辱藜杖椶鞵綸巾鶴氅賓主俱遺俗倚闌舒嘯一樽花下相屬　雲際有藥千年瓊瑤爭秀發龍蛇新斸富貴功名元自有且樂無窮真福蓮社風流醉鄉趺宕時奏長生曲月娥同聽好風徐韵松竹

又

洛妃漢女護春寒不惜鮫綃重疊拾翠江邊烟澹澹交影參差朧月秦虢相將英娥接武同宴瑤池雪層冰連

壁个中誰敢優劣　著意暈粉饒酥韵多香賸都與羣花別娟秀數腴索笑處玉臉微生嬌靨羞損南枝映翻綠萼不數黄千葉形容不盡細看一倍清絕

又

湖山照影正日長嬌困不煩匀埽絮滿長洲春澹淹開遍吳宫花草嫩綠匆匆輕紅蔌蔌漸覺枝頭少餘芳難並破愁惟有馨醥應是留得東君海棠方待折玉環嬌小霧薄陰輕初睡足寶幄畫屏香裊醉態天真半羞

微斂未肯都開了嫣然一笑此時風度尤好

又

尋幽覽勝凭危欄極目風烟平楚自笑飄零驚歲晚欲挂衣冠神武芳甸時巡醉鄉日化庭實名花旅間風蓬頂自來不見烽火　宴罷玉宇瓊樓醉中都忘却瑶池歸路俯瞰塵寰千萬落渺渺峯端棲霧羣玉圖書廣寒宮殿一一經行處相羊物外曠懷高視千古

龍川詞

陳亮

欽定四庫全書

提要

龍川詞

臣等謹案龍川詞一卷補遺一卷宋陳亮撰亮有龍川集別著録宋史藝文志載其詞四卷今不傳此集凡詞三十首已具載本集然前後不甚銓次其本為毛晉所刊分調類編後有跋稱據家藏舊刻葢摘出別行之本又

補遺七首則從黃昇花庵詞選採入者詞多
纖麗與今集迥殊或疑贗作毛晉跋稱黃昇
與亮俱南渡後人何至謬誤若此或昇惟選
綺艷一種而亮子沈所編今集特表其父磊
落骨幹故若出二手云云理或然也乾隆四
十九年十一月恭校上

總纂官臣紀昀臣陸錫熊臣孫士毅

總校官臣陸費墀

欽定四庫全書

龍川詞

宋 陳亮 撰

水調歌頭 送章德茂大卿出使

不見南師久謾說北羣空當場隻手畢竟此日共推公自笑堂堂漢使得似洋洋河水依舊只流東且復穹廬拜會向藁街逢 堯之都舜之壤禹之封于中應有一個半個是英雄萬里飛塵如許千古英靈安在磅礴幾

時通天運何須問赫日自當中

又 癸卯九月十五日壽朱元晦

人物從來少籬菊為誰黄去年今日倚樓還是聽行藏未覺霜風無賴好在月華如水心事楚天長講論參洙泗盃酒到虞唐 人未醉歌宛轉興悠揚太平胸次笑他磊磈欲成狂且向武夷深處坐對雲烟開斂逸思入微茫我欲為君壽何許得新腔

又 和吳允成遊靈洞韻

人愛新來景龍認舊時湫不論三伏小住便覺凜生秋我自醉眠其上任是水流其下湍激若爲収世事如斯去不去爲誰留　本無心隨所寓觸虚舟東山始末且向靈洞與沈浮料得神仙窟穴爭似提封萬里大小幾琉球但有君才具何用問時流

又　和趙周錫

事業隨人品今古幾麾旌向來謀國萬事盡出汝書生安識鵾鵬變化九萬里風在下如許上南溟斥鷃旁邊

笑河漢一頭傾　嘆世間多少恨幾時平霸圖消歇大
家創見又成驚邂逅漢家龍種正爾烏紗白紵馳鶩覺
身輕樽酒從渠說雙眼為誰明

念奴嬌 至金陵

江南春色算來是多少勝遊清賞妖冶廉纖只做得飛
鳥向人偎倚地闢天開精神朗慧到底還京樣人家小
語一聲聲近清唱　因念舊日山城個人如畫已作中
州想鄧禹笑人無限也冷落不堪惆悵秋水雙明高山

一弄著我些悲壯南徐好住片帆有分來往

又 登多景樓

危樓還望嘆此意今古幾人曾會鬼設神施渾認作天限南疆北界一水橫陳連岡三面做出爭雄勢六朝何事只成門戶私計 因笑王謝諸人登高懷遠也學英雄涕憑却江山管不到河洛妖氛無際正好長驅不須反顧尋取中流誓小兒破賊勢成寧問疆對

又 送戴少望參選

西風帶暑又還是長途利牽名役我已無心君因甚更把青衫為客邂逅卑飛幾時高舉不露真消息大家行處到頭須管行得　何處尋取狂徒可能著意更問渠儂骨天上人間最好是鬧裏一般岑寂瀛海無波玉堂有路穩著青霄翼歸來何事眼光依舊生碧

賀新郎　同劉元實唐與正陪葉丞相飲

修竹更深處映簾櫳清陰障日坐來無暑水激泠泠知何許跳碎危欄玉樹都不繫人間朝莫東閣少年今老

矣況樽中有酒嫌推去猶著我名流語　大家綠野陪
容與算等閒過了薰風又還商素手弄柔條人健否猶
憶當時雅趣恩未報恐成辜負舉目江河休感涕念有
君如此何愁虜歌未罷誰來舞

又　寄辛幼安和見懷韻

老去憑誰說看幾番神奇臭腐夏裘冬葛丈老長安今
餘幾後死無讐可雪猶未燥當時生髮二十五弦多少
恨算世間那有平分月胡婦弄漢宮瑟　樹猶如此堪

重别只使君從來與我話頭多合行矣置之無足問誰換妍皮癡骨但莫使伯牙絃絶九轉丹砂牢拾取管精金只是鐵龍共虎應聲裂

又 酹辛幼安再用韻見寄

離亂從頭說愛吾民金繒不愛蔓藤纍葛壯筆畫消人脆好冠蓋陰山觀雪虧殺我一星星髮涕出女吳成倒轉問魯為齊弱何年月丘也幸由之瑟 斬新換出旗麾别把當時一椿大義拆開收合據地一呼吾往矣萬

里搖肢動骨這話霸只成癡絕天地洪爐誰扇鞴算于中安得長堅鐵淝水破關東裂

又懷辛幼安
用前韵

話殺渾閒說不成教齊民也解為伊為葛樽酒相逢成二老却憶去年風雪新著了幾莖華髮百世尋人猶接踵嘆只今兩地三人月寫舊恨向誰瑟　男兒何用傷離別況古來幾番際會風從雲合千里情親長晤對妙體本心次骨臥百尺高樓斗絕天下適安耕且老看買

斗賣劒平家鐵壯士淚肺肝裂

滿江紅 懷韓子師尚書

曾洗乾坤問何事雄圖頓屈試著眼階除當下又添英物北向爭衡幽憤在南來遺恨狂酋失算淒涼部曲幾人存三之一　諸老盡郎君出恩未報家何恤念横飛直上有時還戢笑我只知存飽㬉感君原不論階級休更上百尺舊家樓塵侵帙

桂枝香 觀木樨有感寄吕郎中

天高氣肅正月色分明秋容新沐桂子初收三十六宮都足不辭散落人間去怕羣花自嫌凡俗向他秋晚喚回春意幾曾幽獨　是天公餘香賸馥怪一樹香風十里相續坐對花旁但見色浮金粟芙蓉只解添愁思況東籬淒涼黃菊入時太淺背時太遠愛尋高躅

三部樂 七月送丘宗卿出使

小屈穹廬但二滿三平共勞均佚人中龍虎本為明時而出只合是端坐王朝看指揮整辦掃蕩飄忽也持漢

節聊過舊家宮室　西風又還帶暑把征衫著上有時披拂休將看花淚眼聞絃骨對遺民有如皎日行萬里依然故物入奏幾策天下裏終定于一

又　七月廿六日壽王道甫

入脚西風漸去去來來早三之一春花無數畢竟何如秋實不須待名品如麻試為君屈指是誰層出十朝半月爭看摶空霜鶻　從來别真共假任盤根錯節更饒倉卒還他濟時好手封侯奇骨沒些兒鑿姍勃窣也不

是崢嶸突兀百二十歲管做徽元分人物

瑞雪濃慢六月十一日壽羅春伯

蕤糝酪粉玉壺冰醑朝罷更聞宣賜去天咫尺下拜再三辛今有母可遺年年此日共道月入懷中最貴向暑天正風雲會遇有恁嘉瑞　鶴冲霄魚得水一超便直入神仙地植根江表開拓兩河做得黑頭公未騎鯨赤手問何如長鞭尺箠向來王謝風流只今管是

阮郎歸重午壽外舅

波光渺渺浸晴陂有亭湖岸西芰荷香拂柳絲垂升堂獻壽巵　紅約腕綠侵衣願祝屆期頤花間妙語欲無詩一年歌一詞

祝英臺近　六月十一日送葉正則如江陵

駕扁舟衝劇暑千里江上去夜宿晨興一一舊時路百年忘了旬頭被人饞破故紙裏是爭雄處　怎生許欲待細與分疏其如有憑據包裹生魚活底怎遭遇相逢樽酒何時征衫容易君去也自家須住

又九月一日壽俞德載

嫩寒天金氣雨攬斷一秋事全様霏微還作小晴意世間萬寳都成些兒無欠只待與黄花為地　好招致對此鬱鬱葱葱新蒭未成醉番手為雲造物等兒戲也知富貴來時一班呈露便做出人中祥瑞

蝶戀花甲辰壽元晦

手撚黄花還自笑笑比淵明莫也歸來早隨世功名渾草草五湖却共繁華老　冷淡家生寃得道旖旎妖嬈

春夢如今覺管今歲華須到了此花之後花應少

卜算子 九月十八日壽徐子才

悄靜菊花天洗盡梧桐雨倍九遭爛熳開祝壽當頭取頂戴御袍黃疊秀金稜吐仙種花容晚節香人願爭先覩

垂絲釣 九月七日自壽

菊花細雨蕭蕭紅蓼汀渚景物漸幽風致如許秋未暮又值吾初度 看天宇正澄清欲往登高未也 紅塵當

面飛舞幾人吊古烏帽牢收取短髮還羞覷遐壽身近
五雲深處

彩鳳飛 一作彩鳳舞七月十六日壽錢伯同

人立玉天如水特地如何撰海南沈燒著欲寒猶煖算
從頭有多少厚德陰功人家上一一舊時香案縣經慣
小駐吾州纔爾依然歡聲滿莫也教公子王孫眼見
這些兒顛脫處高出書卷經綸自入手不了判斷

鷓鴣天 懷王道甫

落魄行歌記昔遊頭顱如許尚何求心肝吐盡無餘事口腹安然豈遠謀　纔怕暑又傷秋天涯夢斷有書不大都眼孔新來淺羨爾微官作計周

謁金門 送徐子宜如新安

新雨足洗盡山城袢褥見説好峯三十六峯峯如立玉四海英遊追逐事業相時伸縮入境德星須做福只愁金詔趣

天仙子 七月十五日壽内

一夜秋光先著柳暑力平明羞失守西風不放入簾幃饒永晝沈煙透半月十朝秋定否　指點芙蕖凝佇久高處成蓮深處藕百年長共月團圓女進酒男稱壽一點浮雲人似舊

洞仙歌　丁未壽朱元晦

秋容一洗不受凡塵涴許大乾坤這回大向上頭些子是鵰鶚摶空籬底下只有黄花幾朶　騎鯨汗漫那得人同坐赤手丹心撲不破問唐虞禹湯武多少功名猶

自是一點浮雲鏇過且燒却一辦海南沈任拈取千年陸沈奇貨

踏莎行 懷葉八十推官

書册如仇舊遊渾諱有懷不斷人應異千山上去夢魂輕片帆似下蠻溪水　已共酒盃長堅海誓見君忽忘花前醉從來解事苦無多不知解到毫芒未

南鄉子 謝永嘉諸友相餞

人物滿東甌别我江心識俊遊北盡平蕪南似畫中流

誰繫龍驤萬斛舟　去去幾時休猶是潮來更上頭醉墨淋漓人感舊離愁一夜西風似夏不

點絳唇　詠梅月

一夜相思水邊清淺橫枝瘦小窗如畫情共香俱透清入夢魂千里人長久君知否雨潺雲僽格調還依舊

欽定四庫全書

龍川詞

十一

龍川詞

欽定四庫全書

龍川詞補

宋 陳亮 撰

水龍吟 春恨

鬧花深處層樓畫簾半捲東風軟春歸翠陌平莎茸嫩垂楊金淺遲日催花淡雲閣雨輕寒輕煖恨芳菲世界遊人未賞都付與鶯和燕 寂寞憑高念遠向南樓一聲歸雁金釵鬬草青絲勒馬風流雲散羅綬分香翠綃

封淚幾多幽怨正銷魂又是疎煙淡月子規聲斷

洞仙歌 雨

瑣窗秋暮夢高唐人困獨立西風萬千恨又檐花落處滴碎空堦芙蓉院無限秋容老盡枯荷摧欲折多少離聲鎖斷天涯許幽悶似蓬山去後方士來時揮粉淚點點梨花香潤斷送得人間夜霖鈴更葉落梧桐孤燈成暈

虞美人 春愁

東風蕩颺輕雲縷時送蕭蕭雨水邊臺榭燕新歸一口香泥溼帶落花飛　海棠糝徑鋪香繡依舊成春瘦黃昏庭院柳啼鴉記得那人和月折梨花

眼兒媚 春愁

試燈天氣又春來難說是情懷寂寥聊似揚州何遜不為江梅　扶頭酒醒爐香灺心緒未全灰愁人最是黃昏前後煙雨樓臺

思佳客 春感

花拂闌干柳拂空花枝綽約柳鬟鬆蝶翻淡碧低邊影鶯囀濃香杪處風 深院落小簾櫳尋芳猶憶舊相逢橋邊携手歸來路踏皺殘花幾片紅

清平樂秋晚伯成兄住龍興山中意其登山臨水不無閨房之思作此詞惱之

銀屏繡閣不道鮫綃薄嘶騎匆匆塵漠漠還過夕陽村落 亂山千疊無情今宵遮斷愁人兩處香消夢覺一般曉月秋聲

滴滴金

斷橋雪霽聞啼鳥對林花弄晴曉畫角吹香客愁醒見梢頭紅小　團酥剪蠟知多少向前風壓春倒江嶂人煙畫圖中有短蓬相繞

欽定四庫全書

龍川詞補

跋

余正喜同甫不作妖語媚語偶閲中興詞選得水龍吟以後七闋亦未能超然但無一調合本集者或云贋作蓋花菴與同甫俱南渡後人何至誤謬若此或花菴專選綺豔一種而同甫子沉所編本集特表阿翁磊落骨幹故若出二手況本集云詞選則知同甫之詞不止於三十闋即補此花菴所選亦安得云全豹耶姑梓之以俟博雅君子湖南毛晉又識

欽定四庫全書

龍川詞補 跋

一